꽃 피우는 그 일

이 도서의 국립중앙도서관 출판예정도서목록(CIP)은 서지정보유통지원시스템 홈페이지(http://seoji.nl.go.kr)와 국가자료종합목록시스템(http://www.nl.go.kr/kolis-net)에서 이용하실 수 있습니다.
(CIP제어번호 : CIP2019013528)

J.H CLASSIC 033

꽃 피우는 그 일

조순희 시집

지혜

시인의 말

예순 번째 봄을 앓습니다.

봄의 별자리는 사자자리입니다.

이 봄에 용기 내어 쉼표 하나 찍어봅니다.
시를 쓸 때는 제법 진지한데 다시 읽으려면 아직도
얼굴이 붉어집니다.

삶이 서투니 시 또한 서툶이 당연한 것이겠지요.
그래도 내 안의 울림 몇 줄 적어내려 가는 기쁨이 쏠쏠하니
그것으로 족합니다.

자연은 내 삶의 나침반입니다.
눈뜨면 느껴오는 것이 꽃이고 나무입니다.
새소리는 덤입니다.

2019년 봄
조순희

차례

2부

3부

4부

• 일러두기
　한 연이 첫 번째 행에서 시작될 때는 > 로 표시합니다.

1부

그 일

하고 싶은 말
침 한 번 꿀꺽 삼키며
참으면 된다

한겨울 추위 견디며
마음 깊이 담아둔 말
지절의 향기로 피어나는 매화

그래, 눈발 세게 얻어맞더라도
침 한 번 꿀꺽 삼키면 되는 거야,

꽃 피우는
그 일

소

퇴근 무렵,
한 사내가 술을 마신다

두어 평 남짓한 포장마차에 앉아
잘려나간 하루를 되새김질한다

주름진 목 안으로 불편을
밀어 넣고 있다

사람답게

꽃처럼 살아야지라고
말했다가

나무처럼 살아야지라고
말했다가

아니지,

사람답게 살아야지라고
고쳐 말한다

행복

질서 있게 살 때
행복이 찾아온다는 걸
새들은 안다

향기로 말을 걸 때
행복이 찾아온다는 걸
꽃들은 안다

사람들만 잠시
잊고 사는 게 아닐까.

기다림이란

무어라 꼭 집어 말할 수 없지만
기다림이란, 무명천에 감물 오르듯
고요한 인내 혹은 설레임

부드러운 바람을 꿈꾸는 사유
초조함과 메마름의 사막을 지나 다다를
결 고운 행복, 그 묵묵한 순례의 길

어울림

나무가 모여 살면 산이 됩니다
꽃들이 모여 살면 꽃밭이 됩니다

한 그루의 나무도 귀하고
한 송이의 꽃도 예쁘지만

한데 모여 사는 나무
함께 모여 피는 꽃
그 어울림이 좋습니다

사람도 그렇습니다

쉼

백양사 오르는 길목엔
칠백년 된 갈참나무가 있고
별이 된 애기단풍나무가 있고

산사 담장 안엔
상사화가 분홍빛으로
오롯이 피어 있네

양화루 문살에 쓰인 말,
잠시 마음의 짐 내려놓고
쉬었다 가세요

내려놓고 갈
무엇이 있을 것 같아
주머니 속마음 헤집어보네

낮달

하루를 설레게 하는
저 공손한 미소

새하얀 모시옷
정갈하게 차려입고

없는 듯이 떠 있는
하늘 떠돌이

그대여, 속마음
가볍게 드러내지 마시라

의자

날카로운 이빨에 물려 눈물 흘릴 때
가만히 닦아주며 함께 울어주는
그런 사람이 그립다

지난여름 공원 한 모퉁이
능소화 흐드러지게 피었었지
눈물 뚝뚝 흘리는 주홍꽃잎 말없이 받아주던
늙수그레한 의자 하나 있었지

능소화 꽃잎 받아주는
편한 의자 같은 사람 하나 갖고 싶다

그게
너였으면 좋겠다

오름과 흐름에 대하여

가부좌를 틀고 앉아 분수 쇼를 본다. 음악에 맞춰 하늘로 솟구치기도 하고, 바닥에 눕기도 한다. 합쳐졌다가 다시 떨어지기도 한다. 용사처럼 때로는 요정처럼 섭씨 38도의 정오를 압도하며 앉았다 일어서기를 반복하다가 행진곡에 맞춰 힘차고 시원스럽게 리듬을 탄다.

물은 누워 흐르는 것이다. 오르는 것은 잠시, 그것은 승천을 바라는 꿈의 일부일 뿐이다. 흐름은 무궁하다. 흐름을 따르다 보면 길이 보인다. 흐름을 닮으면 삶이 된다.

분수처럼 솟구쳐 오를 것인가.
흐를 것인가.

그리움

천 번의 생각
삼키는 달맞이꽃

그 마음 언저리 맴도는
느낌표 하나

심장에서 걸러주는 증류수 몇 방울
돋을새김으로 만져진다

저녁을 건너는 노을
긴 여운 안고

사립문 밖 서성이는
상현달 부푼 마음

몸보다 먼저 길을 내는
네 생각

대나무의 꿈

내 꿈은
오래도록 빛날
생각 하나 갖는 일

달빛 차고 기우는 길 따라
하늘 바라보며 마음 씻는 일

흰 구름 하나 키우며
생각의 찌꺼기 비우고 또 비우는 일

정신의 숲
오롯이 건너는 일

꽃샘추위

궁금했다는 말은
눈빛으로나 읽습니다

삶은 용기가 아니겠냐고
눈빛으로 전합니다

아픔은 잠깐
기쁨이 길게 가기를,

꿋꿋이 일어서는 삶이기를
꽃으로 대신 전합니다

어떤 대화

여행 떠나는 여자에게
나침반을 건네는 남자

길 잃지 말고 잘
돌아오라고

아프면 아픈 대로
슬프면 슬픈 대로

그렇게 살면 되는 거라고
그게 삶이라고

살포시 그녀의 어깨 위에
위로의 손을 얹는다

눈빛이 맑은
두 사람

공통점

몽당연필과 촛불의 공통점이
뭔 줄 아니?

스스로를 태워
어두운 세상을 밝히는 일이거나
제 몸 닳아지면서
그 소임을 다 한다는 거야

우리도 그렇게 살 수 있을까

몽당연필이거나 촛불이거나

하늘말나리

하늘을 올려보다가 와락
눈물 쏟아낸다

너도 아프고
나도 아프고

산다는 건 보이지 않는 상처를
마음 그득 바르고 사는 것인가 보다

하늘 한 번 올려다본 것뿐인데
얼굴은 눈물인지 진땀인지

한여름을 건너는 주홍빛
하늘말나리

노을

저토록 아름답기 위하여
하루를 숨 가쁘게 달려온 것일까

밝음과 어둠의 경계에서
여행자의 하루를 갈무리하는 노을

용서와 화해로
뒷모습이 아름다운 그대

참깨

잎 피기 전 김매주고
꽃 피기 전 물도랑 쳐 말려주고

세 번의 풀매기와 서른 번의 기도 끝에
송이송이 맺힌 참말들

땀 흘린 발자국마다 찡하게 울리는 말,

진실하게 살아라

배우다

상처 없는 꽃은 없어요

작은 꽃잎에도 무수한 상처들이
점, 점, 점, 보이지 않는 점으로 붙어 있어요

바람의 매, 모래의 매를 맞으며
꼿꼿하게 참살이를 이루어갈 뿐이에요

힘들어도 주눅 들지 말고
신나게, 아주 신나게 살아봐요

삶은 참는 게 아니라
견디는 거래요

돌

하고 싶은
말
다하면
외로울까
싶어
돌이 되기로
하였다

저 홀로
깊
어
지
는
마음
군더더기 없이

2부

해울

풀잎의 얼굴 위로
맑은 이슬방울 또르르

아침 고요를 건넌다

조촐히 지란芝蘭을
꿈꾸는 맑고 높은 이상

풀잎이라고 쓰고
이슬이라고 읽는다

* 해울 : 아침 해가 뜰 때 풀잎에 맺히는 이슬방울.

모과

누구에게나 향기로울 수 있다는 것
그리 쉬운 일은 아니지

눈 찡긋 감기도록 맑은 향기 연다는 것
참 대견한 일이지

진실을 꽃피워 마음 행간에 걸어놓고
열매로 익어간다는 것
고스란한 기쁨이지

기다림이 깊으면 향기가 될까

여백의 하늘에 빛나는
생각 몇 알

낮 달맞이꽃

낮달의 그림자를 세우니 꽃이 되네

피어난 꽃 속에 오월이 떠 있네

연분홍 곱고 둥근 얼굴

제 삶의 깊이로 피어나

살아 있는 날들을 노래하는 낮 달맞이꽃

하늘 향해 웃는 기쁨 한 구절

기다림

꽃으로 왔습니다

바람으로 왔습니다

봄길 따라 당신도 오시겠지요?

은방울꽃

웃음이 가볍지도

눈물이 헤프지도

높지도 낮지도 않은 그 만큼

하얀 방울 쪼로롱 달고

봄의 뜨락 언저리

다소곳이 피어나는 꽃

나는 지금 행복한데

당신도 행복하신가요?

제비꽃

쪼그만 몸으로
할 말이 많았는가 보다

하얀 꽃밥
톡톡 퍼트린다

봄 하늘에 쓴
연보랏빛 꽃편지

명주바람이 읽고 간다

벚꽃 피다

봄바람 풀어놓자

팝콘 튀겨내듯 팡팡 꽃잎 피워댄다

따사로운 햇살 받으며 싱싱싱 봄을 퍼 나른다

복사꽃보다 살구꽃보다 먼저 봄을 퍼 나른다

햇살과 눈 맞추며 화르르 화르르 번져가는 꽃숭어리

하고 싶은 말 겹겹이 많았었나 보다

벚나무 가지에서 벌들의 밥그릇 싸움 한창이다

봄

우수 지나 춘분
농부는 경운기를 멈춰 선다

꿩의 알은 다섯 개
참새는 날개를 펴 모래목욕하고
해오라기는 긴 목으로 꿈을 꾸고
농부가 양보한 밭 모롱이에선
생명들이 명랑하다

봄 햇살에 풀꽃들
향기로워지는 법을 익히고 있다

나무에게 듣다

세상이 온통 시끄러운데
무슨 생각이 더 필요하겠니

마음 다독여주는 달빛이면 돼
목마름 적셔주는 새벽이슬이면 돼
고요의 뜰에 한 줌 햇살
한 점 바람이면 그걸로 충분해

크고 오래된 나무로 살기 바라지 않았으니
초록의 가슴으로 남아
퇴적의 시간 위로 고이는 별빛 몇 줌
만져볼 수 있으면 족한 일이지

생각이 구름이 되고 바람이 되는,
기쁨의 기슭에 다다르면 되는 것이지

산딸기

잎 뒤로 살며시 숨었습니다
일찍이 마음 숨기는 법을 알아
한 줄기 바람에도 은둔의 기억으로만 남아
변명조차 하지 않겠습니다

참회로 얼굴 붉어지는 날
기도로 마음 여미렵니다
하늘 한 번 올려다볼 기회라도 주신다면
황금의 별자리 하나 남겨 놓겠습니다

부용

푸른 바람 두어 가닥
달빛 넓은 밤

항아리치마 가뿐히
들어올리며

함박웃음 웃고 서 있는
저 꽃붉은 아낙

탱탱하게 부푼
칠월을 유혹하고 있다

나무

푸른 욕망 사이로 은어 등빛 같은 햇살들이 기지개를 켠다
직립의 나무들. 오늘도 생각이 분주하다.

먼저 건너간 누군가의 길을 따라
하루만치의 이야기가 켜켜이 쌓여갈 것이고,
복숭아 빛 고운 꿈들도 맑고 단정하게 여물 것이다

아침은 이처럼 따뜻한 생각을 품고 웃음 키워야 하리니
긴 말보다 짧은 진실이 아름답게 느껴지는 법,

생의 교차점에서 생각의 파편들을 주워 모으며
나무는 문득 황홀할 예감에 생각의 등불을 켜놓았다

능소화

주홍빛 향기로 하여
하늘이 화사하게 출렁거린다

피고 지는 간극 너머
쌓여가는 설렘

두루마리구름 따라
하릿이 번져가는 실루엣

동구밖

칠석 즈음,
동네사람들 모여
풀베기 작업이 한창이다

초록의 풀들,
쓰러지는 순서에 따라
몸 향기 은은히 풍겨준다

생명이 베어지는 순간
향기로 항변하는
풀들의 함성

예쁘다

제비꽃도 민들레도 모여 피니 예쁘다

수선화도 할미꽃도 어울려 피니 예쁘다

옹기종기 어깨동무하고 피어난 꽃들

몸을 비틀 뿐 황사에도 기죽지 않는다

민들레

매서운 바람이
순종을 불러오듯

나직나직 땅에 엎디어
꽃잎의 수를 헤아려 본다

봄은 축복이라고
몽당연필에 침 발라
조곤조곤 적어 내려가는 그대

꽃

아이들은 안다
꽃을 보면 기분이 좋아진다는 걸

알려주지 않아도 안다
꽃은 예쁘다는 걸

저 꽃 예쁘다
아이의 말에

꽃은 피어난다
더욱 예쁘게 웃음 짓는다

스스로

봄은 스스로 온다

황사가 막아서고 봄눈이 막아도

스스로 와서 산수유 가지에 꽃눈 틔우고

매화나무 가지에 향기를 불어넣는다

수선화도 데리고 오고 민들레도 데리고 온다

황사에도 길 잃지 않고 꼿꼿이 찾아온다

난초

좁은 공간에서
꽃대 하나 올린다

윤기 자르르한
곡선의 몸짓

단정한 매무새
햇살 아래 향기롭다

풀꽃

지상에 봄이 내려왔습니다

꽃들이 따뜻이 피었습니다

우리 친구할까?

어깨 나란히 모여 살아볼까?

도란도란 모여 사는 풀꽃

저들은 아직 죄를 모릅니다

3부

감나무

가을의 끝자락,
마을 어귀 감나무 한 그루
주홍의 열매로 서 있다

열매 품어 숨 가쁘게 살아온 저 나무
홀로 견뎌 스스로를 감내한 세월,

육남매 키우느라 허리 한 번 펴지 못한
어머니, 가을 감나무로 서 계시다

서리 내린 들녘, 땅 굽어 서 계신 어머니
출퇴근길 오가며 가슴 멍한 가을
그 뜨거운 동맥

어시장 풍경

우리 동네 어시장엔 날마다 푸른 바다가 넘실댄다
만신의 불이 켜지면 싱싱한 바다 인심이 원 프러스 원이다
만삭의 주꾸미가 먹물을 풍풍 쏘아대면
바지락은 제 몸의 물을 오줌발 갈기듯 품어댄다

생선보다 사람이 더 많은 서천 어시장에선
사람도 흐느적흐느적 헤엄쳐 다녀야 한다
통통 알 실은 꽃게는 오늘도 일찌감치 동나버리고
상인들 덩실덩실 신바람 난 서천 어시장

수족관 속 물길 따라 무지개로 피어오르는
서천 어시장의 오늘,
그리고 내일

이소離巢

자작나무 둥지 속
까막딱따구리 두 마리 이소離巢를 꿈꾼다
세상 밖은 만만치 않아서
여린 날개로 품기엔 아직 어리다

날갯짓 서툰 자식
아비는 등짝을 휘갈겨
둥지 밖으로 힘껏 밀어낸다

놀랄 겨를도 없이
날개에 두려움을 감춘 채
굴곡을 오르내리며 바람을 가른다

만리창공
푸른 햇살을 품는다

사랑

고슴도치는 아프지 않고 세상 건너는 법을 안다
가시와 가시, 그리움의 간격 사이
촘촘히 이루어가는 소리 없는 말

우리는 사랑이 적어 아픈 것이 아니다
사랑하는 법을 알지 못하고 용서하지 못해,
불편을 삼키지 못해 아프다

상처 나지 않게 마음 다하는
고슴도치의 사랑을 배운다

겨울비

낳고 키워낸 것들
알맞은 자리에 놓아두고
고즈넉이 겨울비 내리신다

빈 가지에 젖어드는
아버지의 은밀한 슬픔

봄꽃의 향연이나
한여름의 푸르름은 다만 추억일 뿐

팔순을 훌쩍 넘기신 아버지가
낮은 소리로 울음 운다

관절 깊숙이 적시고 가는

고향에 대한

고향은 어머니 품속 같은 것

돌담 타고 피어오르던 하눌타리 꽃
왜 이즈막이 생각나는지

들녘 마다 피어나던 속내 맑은 이야기들
마음 속 향기로 남아있는데

자운영 꽃밭에 앉아 꽃향기 퍼마시던,
뻐꾸기 소리에 감자 꽃 피어나던,
유년의 수채화 한 장

먼 꿈 품고 자라던 뒷산 소나무들
지금은 세월 굵은 나이테로 서있으려나

저녁 밥상에 어린 육남매 둘러앉으면
무밥에 산초기름장 하나로도 입맛 돌던

정겨운 웃음소리 먼 귓가로 들려온다

＞

툇마루에 앉아 별똥별에게 소원 빌어보던
어린 날의 고향집

노각

마른 줄기에 대롱대롱 걸려 있는
늦여름 노각 몇 개

푸르게 물오르던 생명이다
찬란히 피워 올리던 꽃이다

빗살무늬 토기처럼 갈라진 등줄기
줄줄이 자식 낳아 뱃살 튼 모성

누렇게 거칠어진 얼굴에서
삶의 완성을 읽는다

바다에 가면

바다에 가면
하늘 맞닿은 수평선에 시선이 머문다

고요히 빛나는 바다
자주 흔들리는 내 마음을
가만히 그 위에 올려놓는다

바다는 해를 낳고 달을 품어온
어머니의 마음,

나는 지금 하늘과 잇댄 저 수평을
팽팽히 당겨보는 중이다

이 가을

한 사람쯤 담아두어도 좋을 이 가을
이렇게 내가 물들어갈 수 있다는 것
과육의 향기로 익어갈 수 있다는 것

무슨 말이 필요할까
사랑하니 아름답고 아름다우니 행복하고
행복하니 진실의 말 하나 키워가야지

가을로 익어갈 수 있다는 것
축복이다

퇴근길

초승의 달빛 번져가는 저녁
오늘을 살아낸 구두가
고단한 발을 업고 퇴근길에 선다

하루하루가 지뢰밭 아니던가, 삶은

지금 나는 무장해제하러 가는 중이다
척박한 세상살이 속에서
비장한 각오까지는 필요치 않겠으나
대견스레 살아낸 것에 대하여 고마워하며

건조했던 하루의 각질을 이끌고
현관 비밀번호를 주문처럼 누른다
개선의 깃발을 날리며 들어서는,
저 혼자 황홀한 퇴근길

바다

아까운 자식 하나
가슴에 묻고 살아온
어머니의 머나먼 여정

울음 섞인 세월
목젖이 뻐근하도록
고스란한 그리움,

깊고 푸른 멍 자국
풍랑에 내 맡기는
아, 어머니

따뜻한 국수

퇴근길, 포장마차 아주머니가
국수가 담긴 그릇 속에 뜨거운 육수를
부었다가 따랐다가를 반복하더니 손님상에 올린다

미리 삶아내 차가워진 국수를 따뜻하게
데우기 위해 토렴을 하는 것이라 한다

국수를 토렴하는 아주머니의 마음 내내
따뜻함이 피어난다, 인정이 피어난다

따뜻한 국수 한 그릇 먹고 싶은 지금은 겨울

한 몸

갈대가 제 몸을 흔드는 것은
바람과 하나 된 까닭이다

쉿!
아무 말 마라

세모시

씨실과 날실의 간격으로
숨 쉬는 일조차 경건의 이름으로 오는 밤

도투마리 끄싱개에 한 생을 걸어
고운 이 닳도록 천년 전설 피워내는 손끝

순순한 언어는 한 생의 울림이 되고
달빛 따라 어머니 가슴에서 모시꽃 핀다

열다섯 보름새 담담한 꿈결 따라
어머니 마당 가득 세모시 펄럭인다

둥글다

모나게 자라는 나무 본 적이 없다

하늘로 향하는 것들 모두 둥글다

네모 모양으로 크는 사람 본 적이 없다

태초부터 모난 것을 원치 않으셨다

살아 있는 것들은 모두 둥글다

중심

지구의 중심에 서 있다

지구는 나를 중심으로 돌고 있다

공놀이 한 번 해볼까?

아니야, 차라리 그 안에 들어가

아늑하게 놀아보는 것이 낫지 않을까?

꽃이 그녀를

푸른 자존심으로 남기를 고집하는 그녀를
계절을 거부하는 그녀를

누구도 그녀 곁에 다가가기를 꺼려하는
그녀의 고집스러움을

꽃이 물들여 놓았네

붉음과 초록으로 달보드레하게

꽃물 들여 놓았네

지도

아름다운 꽃밭이 생겨났습니다

사람 살만한 세상이 만들어졌습니다

꽃밭과 인정 사이로 꽃무지개 피어납니다

선물

아침마다 새날을 선물로 받습니다

얻으려 하기보단
이제까지 얻은 것을 나누는 삶

외로운 이에게 친구가 되어주고
슬픈 사람에겐 위로가 되어주는 삶

마침표보다 말줄임표를 많이 쓰고
물음표보다 느낌표를 쓰면서

오늘이라는 선물을 공손하게 받습니다

성글게

뭇 잎 져 성근
나뭇가지 사이로

달이 뜨고
별이 뜨고

들판이 보이고
그대가 보이고

촘촘하여 잘 보이지 않던
것들이 보이고

성글게 살아간다는 건

4부

강

강은 흐르는 것이 아니다
생각하는 것이다
융융한 가슴으로 생각하는 것이다

강은 흐르는 것이 아니다
길을 내는 것이다
어린 물이 돌아 바다에 이르기까지
인내의 가슴으로 길을 내는 것이다

강은 그냥 흐르는 것이 아니다
살아내는 것이다
구르는 자갈 보듬고 푸른 이끼 키우며
뜨거운 가슴으로 살아내는 것이다

소풍

한낮의 비로 몸을 씻는 나무 한그루
민달팽이 한 마리 기어오른다

춤추는 나뭇잎을 바라보는 잠깐 멈춤의 시간

지저귀는 종달새 노랫소리도 들어보고
두둥실 떠가는 하늘 구름도 올려다보고
비단결 같은 명지바람도 만져보고

착한 사람들을 위한 하느님의 메시지가
초록으로 번진다, 네가 나고 내가 너인
지금 여기, 평화로운 우주로의 소풍

대나무

비워야 할 것이 많을 때 생각나는 이름 하나 있다

이리 휘이고 저리 휘일 때 부르고 싶은 이름 하나 있다

흔적 속에 물들어 있는 푸른 멍 무심코 만져질 때

곧은 뜻 세우라 조용히 말 걸어오는 이름

더러는 고요하고 더러는 흔들려도

마디마디에 묻고 꼿꼿이 일어서는 이름이 있다

작설차

봄날 오후
작설차를 마신다

차향으로 얻는 기쁨,
마음 씻기에 충분한 맛이다

어린 새의 부리가
심장으로 파고들어와
맑디맑은 노래를 부른다

고독

절창을 위한 가시나무새 그 한 번의
울음처럼

죽음 앞에서 입가에 번지는 그 하나의
미소처럼

마지막 탄생할 한 편의 시를 위해 불면의 밤을 건너는
시인처럼

땅속 깊이 발을 묻으며 나무는 오늘도
고독하다

농부

여름장마 끝난 뒤
뜨락 가득 잡풀들 수런거린다

정직하게 자라난 그들이지만
잡풀은 솎아내야 하는 것

어느 곳에선가는 착한 이름이지만
어쩔 수 없는 것

이랑을 누비다 보면
호미와 농부는 하나가 된다

종종걸음 굿거리장단으로 이어지는
하루만치의 노동

호미의 날이 무뎌질 즈음
부어 오른 손등 위로 노을이 진다

시원의 풍경

유목민에게 여름은 축복의 계절입니다
가도 가도 끝없이 펼쳐지는 초원길 따라
푸른 바람 흐르고 햇살은 유리알처럼 맑았습니다

내 몸은 비록 피곤하더라도
이 나라는 결코 어려워서는 안 된다고 말한 징기스칸,
징기스칸의 후예들은 용감했고 양들은 평화로웠습니다
꽃들은 바람의 숨결 따라 향기롭게 흘렀고
길을 잃지 않기 위해 양들은 무리지어 풀을 뜯었습니다

밤이 되자 하늘은 별들이 붐볐습니다
원형 그대로의 자연 속에서 소똥을 피워 모기를 쫓고
미지의 땅을 개척하며 천년의 제국을 건설했던 몽골,
가진 것은 적어도 나눔의 의미를 아는 도시 앞섶에
토올 강이 평화롭게 흐르고 있었습니다
호사를 즐기며 나직이 흐르고 있었습니다

여름, 매미

말복을 하루 앞둔 날
열대야 퍼붓던 살결 위로
천둥 같은 소나기 다녀갔다

아침이 되기 무섭게
지구는 또다시 폭염을 내뿜는다

오래된 얼굴로
하늘이 땅을 향해 서 있고
흰 구름 간간히 마실 나온다

숲속은 매미에게 점령당했다

절규인지 절창인지
먼 이름을 목 놓아 부르고 있다

길

한 번 밟혔는데 두 번은 못 밟힐까
차곡차곡 쌓인 발자국이
끝내 길이 되었구나

육중한 발바닥의 무게로
짓밟힐수록 더욱 단단해지는 풀아
갈라진 틈 사이로 새살 돋는 잎들아

가던 길,
담담히 가라

내 일상은

소나무가 커가는 모습
꽃이 자라는 모습을 지켜보는 일

그늘이 되어주기도 하고
맑은 풀밭에 양 무리 한가득 풀어놓아보는 일

시원한 바람이라도 불어주면
산들산들 하늘을 날아다니는 일

코스모스 웃음과 함께
두둥실 떠올라 먼 산을 끌어당겨보는 일

자정 무렵

자정 무렵, 하늘에 별이 가득하다
별들을 바라볼 수 있다는 건 환희이다

사람들 적어올린 소망들이 별이 되었다

나에게도 소망이 있다, 너무 간절해서
쉽게 말할 수 없을 것 같다

누군가를 향한 마음도 너무 깊으면
쉽게 표현할 수 없는 것처럼

나는 각기 다른 별자리들을 바라보다가
마음속에 그려 넣고 잠시 눈을 감아본다

바람이 귀밑을 스치고 지나간다
오래 마음 앓지 말라는 말과 함께

가을에 하는 일

초경의 젖꼭지마냥
몽울진 구절초 꽃봉오리
언제 활짝 웃음 웃나
기다려 보는 일

맑게 핀 코스모스
하늬바람에 한들한들
춤사위에 매료되는 일

태초의 하늘에
두둥실 떠 있는
대붕의 깃털 하나
팽팽히 당겨보는 일

부탁

흔들려야

충분히 흔들려야

더 꼿꼿하게 설 수 있지

바람소리에 갈꽃 피우며

부디 젖지 말고 살아라

매미

울 만큼 울었으니

이제, 내게 남은 일은

허물을 벗는 일

가볍게 떠나는 일

낙엽

말을 너무 많이 하고
살았습니다

이젠 숲으로 돌아가야 할 때
쏟아낸 말들을 도로
주워 담을 수는 없지만

더 늦어지기 전에
맑은 눈으로 돌아가야 합니다

본의 아니게 너무 흔들렸으니,
이쯤에서 생각 떨구고
묵언수행의 동네로 이사 가려고 합니다

가을

저 홀로
깊어가는 산은 아름답다
저 홀로 잠기는 강은 고요하다

저 홀로
깊어가는 것이 어디 산뿐이랴
저 홀로 잠기는 것이 어디 강뿐이랴

봄부터 가을까지
깊어지지 않은 것이 있더냐

쪽빛 문장 가득
온새미로 고요하지 않은 것이 있더냐

저
어
기
단물 배어드는 가을을 건너는
잔잔한 기쁨들

섬

떠나보내야 할 것들이 많은 밤
홀로 섬이 된다, 나는

밤마다 그리운 것들 보내며
혼자가 된다

사람은
고독하기 위해 태어나는 것일까

떠도는 포말처럼
사색의 바다를 배회한다.

맥문동

가슴께로 두 손 모은다
엎드린다는 건 낮아진다는 것
낮아진다는 건 살고 싶다는 것

고요한 듯 치열한 삶,
상고대 전설 하나쯤 만들고 싶은가
밟히면 비명을 지를 것 같아
발밑에 안경 하나 달아준다

겨울 맥문동,
수의 같은 푸른 옷 걸치고
나직나직 인내를 배우고 있다

겨울나무에게

묵묵히 견디다보면 시련은
스스로 지날 것이다

외로운 나무가
햇빛을 더 받는 것

큰 기쁨 작은 기쁨
모두 마음안의 일이니

무릎 꿇고
허리도 굽히고

고요하시라
침묵하시라

사는 일

억지로 되는 일 없다
억지 부려봐야 나만 손해다
순리를 따르다 보면
저절로 풀릴 때 있다

꽃피우는 일 그러하듯
나무 크는 일 그러하듯
하늘의 뜻을 사람이
다 알 수는 없다

넓고 깊고 오묘해서
하늘의 소관 도무지
알 수가 없다

너라면 모를까

조선 선비의 시

나태주 시인

조선 선비의 시

나태주 시인

1. 겹사람 조순희

우리는 세상살이 가운데 이런저런 사람을 만나게 된다. 그렇게 여러 사람을 만나다 보면 그 사람의 생각이나 살아가는 모습이 단순하고 한 줄로 가는 사람이 있고 반대로 조금은 복잡하여 여러 줄로 가는 사람이 있음을 본다. 나는 앞의 유형을 '홑사람'이라 부르고 뒤의 유형을 '겹사람'이라 부른다. 애당초 어떤 유형의 사람이 좋다 나쁘다 그래서 이런 말을 꺼내는 건 아니다. 삶 자체를 들여다보면 그렇다는 얘기다.

결론부터 말하면 조순희 시인은 겹사람에 속하는 사람이다. 겹사람이라도 많이 겹사람인 사람이다. 지금까지 해 온 일들만 살펴도 그렇다. 우선은 사회사업가이다. 그 다음은 강력한 사회 활동가이다. 전직 서천군의회 의원이었으며 서천문화원 원장이었다. 그뿐만 아니라 서천에서 추진하는 굵직한 문화사업을 열어가는 문화사업가이다. 그 가운데 하나가 서천읍 입구에 있는 월남 이상재 선생 동상 건립위원장의 일이다.

깜짝 놀란 바 있다. 월남 이상재 선생이라고 하면 일제강점기 독립운동가요, 정치인, 민권운동가, 청년운동가로 이름이 드높은 분인데 이 분의 고향이 바로 서천이다. 서천지역에서 선생의 고향에 동상을 세워드리자는 논의가 있어 동상 건립 추진을 했는데 그 과정에서 여러 차례 난관이 있었고 위기가 있었다고 들었다. 포기단계에 이른 사업을 이이받아 끝까지 성공시킨 장본인이 바로 조순희 시인이다. 그래서 놀란 바가 있었다고 말하는 것이다.

겉으로 보기에 조순희 시인은 다만 생김새가 곱살한 여인네다. 하지만 내면은 남정네들도 따라가기 어려운 장부다운 면모가 있었던 것이다. 이런 여인네를 우리는 여장부라 부른다. 여장부. 조순희 시인은 애당초 여장부였던 것이다. 그러나 거기서 멈추지 않고 그녀는 스스로 공부하고 노력하는 위기지학爲己之學의 선수이기도 했다.

옛 어른들은 사람의 공부에는 위인지학爲人之學이 있고 위기지학이 있다고 했다. 단순하게 말하기는 어려운 일이지만 위인지학이 세상살이를 위해 하는 공부라면 위기지학은 자기 자신을 위한 공부를 말한다. 모름지기 그 두 가지의 공부가 다 있어야 하는데 오늘날 우리는 위인지학에 오르는 것이 문제점으로 대두되기도 하는 현실이다. 어쨌든 조순희 시인은 그 둘을 함께 해온 사람이라는 것이 여기서는 중요하다.

처음 조순희 시인은 한 사람 시낭송가로 내 앞에 왔다. 역시 서천 출신인 신석초 선생의 장시 「처용을 말한다」의 서두 부분을 아주 맛깔나게 외우는 시낭송가였던 것이다. 그런데 언젠가 보니 그녀는 거기에 박사학위를 하나 더 얹어서 이력을 적고 있었다. 조순희 박사. 거기에 또 조그만 놀라움이 따랐다. 그녀가 그동안 얼마나 치열한 삶을 살아냈는가를 말해주는 산 증거가 거기에 있었다. 이야말로 주경야독의 결과, 위기지학의 본이 아니라 할 수 없는 노릇이겠다.

이만한 겹사람이 흔하지 않다. 오랫동안 나는 그 정도로만 알고 지내왔다. 내가 공주문화원장을 하는 동안 그녀도 서천문화원장이 되었다. 우리는 서로 '원장님'이라 부르면서 한세월 살았다. 내가 충남문화원연합회 회장의 일을 맡을 때 그녀는 부회장이 되어 나를 지극정성으로 도왔다. 그렇게 지내면서 우리는 앞서거니 뒤서거니 문화원장의 자리를 벗어나기도 했다. 여기까지가 내가 알고 있었던 조순희 시인에 대한 알음알이의 총합이다.

그렇거니 하면서 살아오던, 몇 년 전의 일이었을 것이다. 서천 지역에서 나오는 문학동인지를 살피다가 나는 깜짝 놀란 일이 있다. 조순희란 이름으로 여러 편의 시가 발표되어 있었던 것이다. 시의 편수도 많거니와 수준도 높고 좋았다. 이 조순희란 이름이 내가 알고 있던 그 조순희 맞은가? 나는 즉각 전화를 걸어 확인했다. 내가 알고 있던 조순희가 맞았다. 나는 조그만 충격을 느꼈다. 또 하나의 조순희의 모습이 거기 아리땁게 숨어 있었던 것이다.

이렇게 해서 나는 그녀에게 적극적인 시인의 길을 권유하게 되었고 내 뜻을 받아들여 그녀는 대전에서 나오는 좋은 문예지 『애지』의 신인상 제도를 통해 시단 데뷔를 하게 되었다. 내친걸음, 그녀는 또 이렇게 시집을 준비하기에 이르렀다. 감쪽같다는 생각이 없을 수 없다. 어느새 이렇게 많은 시 작품을 모았을까. 지금까지의 조순희만 알고 있던 분들은 시인 조순희의 출현에 언젠가의 나처럼 조그만 충격을 받을지도 모를 일이다.

2. 아니무스 조순희

서양의 심리학자 칼 융이라는 사람은 아니마, 아니무스 이론을 말했다. 아니마는 남성의 무의식 속에 있는 여성상을 말하고 아니무스는 반대로 여성의 무의식 속에 내재한 남성상을 말한다. 여기서, 심리학적 내용을 밝히자는 것이 아니다. 한 시인의 시를 들여다볼 때 시인에 따라 내면에 숨겨진 그 어떤 무의식 세계가 있을 것이라는 전제하에 이런 말을 꺼내는 것이다.

앞에서도 썼듯이 조순희 시인은 외면적으로 볼 때는 다만 아리따운 한 사람 여인네이다. 그러나 그녀의 삶의 면면을 지켜볼 때는 여성의 한계를 넘어서는 면이 있다. 오히려 남자도 따라가기 어려운 넓은 품격이 있고 현실의 문제를 풀어가는 지략과 현명이 있다. 그렇다면 그녀의 시는 어떨까? 시를 예로 들어가면서 간략히 짚어볼 필요가 있다.

나는 시를 감상하는 방법으로 세 가지 방법을 말한다. ①따지며 읽기(이성적 방법), ②느끼며 읽기(정서적 방법), ③들여다보며 읽기(명상적 방법)가 그것이다. 대략 ①번과 ②번은 오늘날 학교 교육현장에서 실시하는 방법이고 ③번의 방법은 내 나름의 제안이다. 개울가에서 흘러가는 물을 들여다보는 것 같은 방법이 바로 이 방법이다. 시에 상처를 입히지 않고 내면을 밝히는 방법이라 할 것이다.

> 퇴근 무렵,
> 한 사내가 술을 마신다
>
> 두어 평 남짓한 포장마차에 앉아
> 잘려나간 하루를 되새김질한다
>
> 주름진 목 안으로 불편을
> 밀어 넣고 있다
> ─「소」 전문

오늘날 우리 시단에 발표되는 시들을 보면 대체로 길이가 길고 무언가 자신도 알지 못하는 내용을 중얼거리는 것 같은 인상을 많이 받는다. 시는 길고 복잡해서 시가 아니다. 짧아서 시이고 단순한 형식과 절실한 표현이 있어서 시이다. 예부터 그것은 그래왔다. 그런 걸 요즘의 시인들이 놓치고 있는 것이고 요설에 기울어서 그런 것이다.

이런 여타의 시들을 읽다가 조순희의 시를 읽으면 거꾸로 신선함을 느낀다. 복고復古의 새로움이다. 3연 6행의 간략한 작품. 분명하고 단출한 문장. 차례대로 세 개일 뿐이다. 그런데도 하고 싶은 말은 다 해내고 있는 느낌이다. 직장인인가 싶다. 하루의 일과를 마치고 퇴근 무렵, 저녁때. 그의 눈에 비친 조그만 세상 풍경, 삽화다.

퇴근 무렵, '한 사내'를 등장시킨다. 아니, 시인이 '한 사내를' 를 본다. '두어 평 남짓한 포장마차에 앉아'서 '술을 마'시는 사내 다. 그런데 그 사내의 술 마시는 분위기나 품세가 평온하지 못하 다. '잘려나간 하루를 되새김질'하는 것처럼 보인다. 동병상련이 다. 아무래도 '주름진 목 안으로 불편을/ 밀어 넣고 있'는 것처럼 보였던 것이다.

여기서 제목인 '소'가 나왔다. 이렇게 일급의 시는 시의 본문에 시의 제목이 나오지 않는 작품이다. 시의 본문에 동원된 언어와 제목으로 사용된 언어가 될수록 거리가 있을 것. 그러나 관계가 있을 것. 이것은 단순한 과제지만 지켜내기는 어려운 약속이기 도 하다. 이러한 과업을 조순희는 초장부터 해내고 있음을 본다. 믿음직한 능력이다.

하루를 설레게 하는
저 공손한 미소

새하얀 모시옷
정갈하게 차려입고

없는 듯이 떠 있는
하늘 떠돌이

그대여, 속마음

가볍게 드러내지 마시라

　―「낮달」 전문

　자화상 같은 작품이다. 세세히 문장을 들여다보지 않아도 알
수 있는 일, 의인법이다. 자연의 일을 인간의 일로 빗대어 바꾸
는 작업. 시 표현의 기초다. 그런데 그것이 제목에서는 또 '낮달'
로 바뀌었다. 자연(대상)→ 인간(본문)→ 다시 자연(제목). 그 순
환. 이 또한 조순희가 홀로 터득한 비법이다. 알기로는 조순희
시인의 전공은 문학이 아닌 것 같은데 어느새 이걸 혼자 힘으로
깨쳤을까. 그 독학과 위기지학이 아름답다.

　하고 싶은

　말

　다하면

　외로울까

　싶어

　돌이 되기로

　하였다

　저 홀로

　깊

　어

　지

　는

마음

군더더기 없이

― 「돌」 전문

나름 형식미가 돋보이고 실험적 요소마저 보이는 작품이다. 문장은 겨우 둘. 그것도 두 번째 문장은 미완성 문장이다. 삶의 어떤 의지라 할까, 세상을 살아가는 마음가짐 같은 것을 벼리고 갈아놓은 내용을 담았다. 깔끔하다. 조선 선비의 심성이 이럴까. 난초의 자태가 또 이렇다 할까. 두어라, 그냥 제목 그대로 '돌'이 그렇다 해두자. 자연물, 흔한 자연물인 돌을 새롭게 보는 발견이 여기에 있다.

비워야 할 것이 많을 때 생각나는 이름 하나 있다

이리 휘이고 저리 휘일 때 부르고 싶은 이름 하나 있다

흔적 속에 물들어 있는 푸른 멍 무심코 만져질 때

곧은 뜻 세우라 조용히 말 걸어오는 이름

더러는 고요하고 더러는 흔들려도

마디마디에 묻고 꼿꼿이 일어서는 이름이 있다

― 「대나무」 전문

봄날 오후
작설차를 마신다

차향으로 얻는 기쁨,
마음 씻기에 충분한 맛이다

어린 새의 부리가
심장으로 파고들어와
맑디맑은 노래를 부른다
　　　　―「작설차」전문

한 번 밟혔는데 두 번은 못 밟힐까
차곡차곡 쌓인 발자국이
끝내 길이 되었구나

육중한 발바닥의 무게로
짓밟힐수록 더욱 단단해지는 풀아
갈라진 틈 사이로 새살 돋는 잎들아

가던 길,
담담히 가라
　　　　―「길」전문

이번에는 세 개의 작품을 한꺼번에 가져와 보았다. 여타의 작품에서도 그렇지만 조순희 시인이 다루는 시의 소재는 대체로 원론적이고 지극히 한국적인 것들이다. 더하여 고전적이기까지 해서 조선의 선비가 오늘에 이르러 했음직한 그 어떠한 발언 같은 것이 보이고 인생관, 삶의 향기 같은 것들이 번지고 있음을 본다. 이 또한 가상한 일이다.

위의 시작품들에서 보는 바와 같이 '대나무', '작설차', '길'과 같은 제목이 그러하고 어법이 또한 그러하다. 끝내 마지막 작품 「길」에서는 명령어까지 동원하고 있다. 이즈음에서 우리는 여성인 조순희의 내면에 숨겨진 한 남성을 만난다. 그것도 조선의 남성이다. 이마가 수려하고 맑은 남성일 거야. 눈매 또한 맑고 깊겠지.

그 오래 되었으되 새롭고도 젊은 한 내면의 남성을 통해 우리는 오늘날 우리가 살아갈 길을 암시받는다. 말하자면 '오래된 미래'다. '더러는 고요하고 더러는 흔들려도// 마디마디에 묻고 꼿꼿이 일어서는 이름이 있다'. '어린 새의 부리가/ 심장으로 파고 들어와/ 맑디맑은 노래를 부른다', '가던 길, / 담담히 가라'.

　　하고 싶은 말
　　침 한 번 꿀꺽 삼키며
　　참으면 된다

　　한겨울 추위 견디며
　　마음 깊이 담아둔 말
　　지절의 향기로 피어나는 매화

그래, 눈발 세게 얻어맞더라도
침 한 번 꿀꺽 삼키면 되는 거야,

꽃피우는
그 일
— 「그 일」 전문

　이제 말을 마칠 때가 되었다. 입을 다물기 앞서 한 편의 작품을 또 읽는다. 이번에는 '매화'를 불러온 작품이다. 매란국죽梅蘭菊竹이라니! 여전히 고전적이지만 미래지향을 담았다. '하고 싶은 말'이 있어도 '침 한 번 꿀꺽 삼키며/ 참으면 된다'네. 요즘 이런 사람 어디 흔할까. 그렇다 해도 이는 오늘을 사는 또 하나의 지혜요, 소망이다.

　그래서 '한겨울 추위 견디며/ 마음 깊이 담아둔 말/ 지절의 향기로 피어나는 매화'라 한다. 여기서 또 특이한 것은 '지절志節'이란 단어다. 지조와 절개. 요즘 세상 아무도 기억하지 않는 단어를 또 불러냈다. 아니다. 삶의 태도를 또 상기시키고 있다. 다시 한번 조선적인 세계. 역시 그 안에 서슬 푸른 한 선비가 큰 눈을 뜨고 우리를 바라보고 있다.

　그가 무어라 하는가? '그래, 눈발 세게 얻어맞더라도/ 침 한 번 꿀꺽 삼키면 되는 거야,// 꽃피우는/ 그 일'. 여기서 시집의 제목이 또 나왔다. 먼 거리를 돌아서 돌아서 시의 나라에 도달한 조순희 시인의 짚신을 본다. 조금은 지쳤고 조금은 헐거워지기도 했을 것이다.

　길은 길에서 끝나지 않는다. 모든 길은 출발이지 귀착이 아니다. 모든 길은 쉬지 않는다. 끝이 바로 시작이고 시작이 또 끝이다. 길에 오른 자, 다시금 길을 떠나기 위해서는 짚신을 갈아 신든지 짚신 끈을 조여야 할 일이다. 시집을 들고 조순희 시인이 앞으로 해야 할 일이 바로 그 일이다.

조순희 시집

꽃 피우는 그 일

발   행   2019년 4월 20일
지 은 이   조순희
펴 낸 이   반송림
편집디자인 김지호
펴 낸 곳   도서출판 지혜 • 계간시전문지 애지
기획위원   반경환 이형권 황정산
주   소   34624 대전광역시 동구 선화로 203-1, 2층 도서출판 지혜 (삼성동)
전   화   042-625-1140
팩   스   042-627-1140
전자우편   ejisarang@hanmail.net
애지카페   cafe.daum.net/ejiliterature

ISBN : 979-11-5728-323-1 03810
값 10,000원

조순희

조순희 시인은 충남 부여에서 태어났고, 원광대학교 대학원(교육학 석사)과 건양대학교 대학원(행정학 박사)을 졸업했으며, 서해대학교 케어복지과 겸임교수를 역임했다. 서천군의회 의원과 서천문화원장을 역임했고, 현재 충청남도 역사문화원 이사로 활동하고 있으며, 2018년 『애지』로 등단했다.

조순희 시인의 첫 번째 시집인 『꽃 피우는 그 일』은 고전적이고 미래지향적인 '지절志節의 시학'이며, "눈발 세계 얻어맞더라도/ 침 한 번 꿀컥 삼키면 되는거야"(「꽃 피우는 그 일」)라는 시구에서처럼, '조선선비의 기상'을 꽃 피워낸 시집이라고 할 수가 있다.

이메일 :jsh54046900@hanmail.net